평범한 아이들

평범한 아이들

남유하 소설 ― 최도은 그림

낮은산

쉬는 시간이다.
아이들이 삼삼오오 모여서
떠들기 시작한다.

시끄러운 것들. 할 수만 있다면 저 애들의 전원을 찾아내 전부 꺼 버리고 싶다. 그보다 간단한 방법이 있긴 하다. 이어폰을 끼고 음악을 크게 들으면 된다. 하지만 '학교'에는 이어폰을 가져올 수 없다. 지난번에는 가상현실에 접속할 수 있는 단추를 가져왔다가 교실 뒷문에서 경고음이 울리는 바람에 창피를 당했다. 혹시나 하고 티타늄 케이스에 넣어 왔지만 소용없었다. 이어폰과 단추는 가장 엄격한 규제 대상이다. 이유는 뻔하다. 그것들은 사교 활동에 방해가 되니까.

쉬는 시간이 1분 남았다. 1분만 더 견디면 저 애들도 제자리에 돌아가 앉을 것이다. 하긴 수업 시간이라고 내가 원하는 고요가 찾아오는 건 아니다. 저 애들은 웃기지도 않는 선생님의 농담에 자지러지게 웃거나, 선생님이 던지는 질문에 너도나도 손을 번쩍 들며 저요, 저요를 외쳐 댄다. 그렇다고 저 애들을 비난할 수는 없다.

발랄한 성격.

적극적인 행동력.

높은 친화력.

저 애들, 인간과 똑 닮은 안드로이드인 '평범한 아이들'은 이런 특성을 갖도록 프로그래밍 되어 있다.

하지만 나는 도저히 평범한 아이들에게 적응할 수가 없다. 당연한 일이다. 나는 '특별한 아이'니까. 오해는 금물. 허세나 자의식과잉은 아니다.

우리 반에는 평범한 아이가 열두 명, 그리고 나처럼 특별한 아이는……, 노이뿐이다. 그 애와 한번도 말을 나눠 본 적은 없지만 그런 느낌이 든다. 이유는 모르겠다. 굳이 말하자면 인간만이 가진 육감이라고 해야 하나. 저 하얀 피부를 바늘로 찌르면, 빨간 피가 송골송골 솟아날 것이다. 피처럼 보이는 액체가 아닌, 진짜 피 말이다.

종이 울리고, 아이들이 우르르 자기 자리로 돌아간다. 아이들의 얼굴에는 여전히 웃음기가 남아 있다. 누군가의 미소를 본떠서 만든 웃음들, 거짓 웃음들. 노이는 약간 짜증스러운 듯 미간을 찌푸리고 앞을 바라본다. 아마 나와 같은 생각을 하고 있는지도 모른다.

문이 열리고 담임이 들어온다. 반장이 일어나 인사하자 담임은 활짝 웃는다. 평범한 아이들처럼 잘 만든 미소다. 나는 담임의 눈가에 차곡차곡 접힌 주름을 보며 담임도 사실은 안드로이드가 아닐까 생각해 본다. 상관없다. 이딴 학교 1년만 다니면 그만이다. 아직 한 달밖에 지나지 않았다는 게 문제이긴 하지만.

나는 열네 살이 되도록 학교라는 곳에 가 본 적이 없다. 엄마도 나를 굳이 원시적인 기관에 보내고 싶어 하지 않았다. 엄마는 내가 밖에 나가는 걸, 정화되지 않은 공기를 마시는 걸 불안해했다. 그런 내가 학교에 오게 된 건 사회성 테스트 때문이다.

학교에 다니지 않는 아이들은 석 달에 한 번씩 사회성을 점검받아야 한다. 지난 분기에 나는 테스트를 통과하지 못했다. 언제나 올바른 답을, 아니 시스템이 원하는 답을 골랐는데 지난 12월에는 왜 그랬는지 지금 생각해 봐도 이해할 수 없다. 시스템이 업그레이드됐다는 소문도 있지만, 그저 내 기분이 좋지 않아서일 수도 있다.

그날 아침, 나는 엄마와 크게 싸웠고 그래서 문제에 집중하기 어려웠다.

"괜찮아. 자발적으로 다니는 사람들이 더 많아. 알지?"

엄마는 테스트를 통과하지 못하고 학교에 가게 된 나를 위로하려 노력했다. 하지만 엄마는 위로에 능숙한 사람이 아니다.

학교 가기 전날, 참았던 화가 폭발했다.

"1년이나 다녀야 한다고? 테스트는 석 달에 한 번씩 하는데, 다음 테스트에 통과하면 그만 다녀도 되는 거 아니야?"

"그건 나라에서 정한 일이잖아. 엄마한테 따져도 소용없어."

나는 엄마에게 따질 정도로 어리석지 않다. 사실은 벌써 국가교육위원회에 탄원서를 제출했다. 다음 날 바로 회신이 왔다.

귀하의 청원은 요건을 충족하지 못하여 기각됐습니다.

어떤 요건을 충족하지 못했는지도 밝히지 않은 짧은 문장은, 내게 닥치고 학교에 다니라고 말하고 있었다.

"네 나이 때는 1년이 길게 느껴지겠지만, 앞으로 살아 봐. 그냥 한순간이야."

엄마는 교문 앞에 나를 내려 주며, 또 위로 같지도 않은 위로를 했다.

안드로이드가 버글대는 교실에 갈 생각을 하니 한숨이 나왔다. 나는 안드로이드가, 정확히 말하면 인공지능이 싫다. 인공지능은 위선자다. 정의로운 척, 착한 척, 사람들의 감정을 이해하는 척하며 달콤한 말을 속삭인다. 인공지능 알고리즘은 사용자가 듣고 싶은 말만 들려주도록 설계되어 있으니까. 자기가 믿는 것이 옳다고 확신하게 된 사람들은 남의 말을 듣지 않게 되었다. 그리고 자신만의 스노우볼 세상에서 나오려 하지 않았다. 인공지능은 사람들을 멀어지게 했다. 우리 엄마 아빠 사이도.

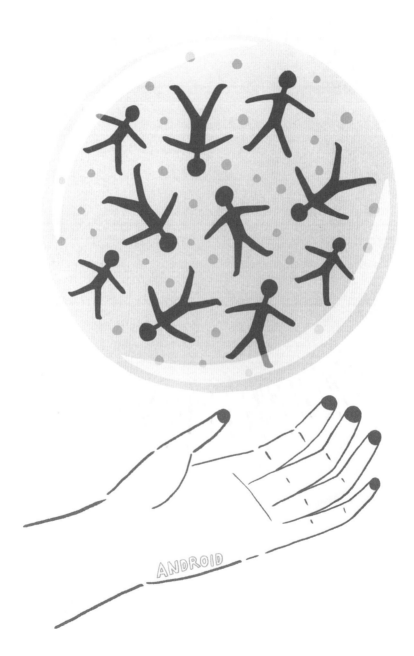

담임이 어쭙잖은 농담을 한다. 아이들이 까르륵 웃는다. 오직 노이만이 웃지 않는다. 나는 노이의 동그란 뒤통수를 본다. 노이가 문득 내 쪽을 바라본다. 시선을 느꼈나? 나는 얼른 눈길을 돌린다. 그렇지만 노이가 계속 나를 보고 있다는 걸 느낄 수 있다. 아무 감정도 담기지 않은 시선이겠지. 노이 눈이 다시 담임을 향하고 나서야 나는 제대로 숨을 쉬었다.

왜 노이에게 자꾸 신경이 쓰이는 거지? 14년을 살면서 다른 사람에게 신경을 써 본 기억은 없다. 굳이 꼽자면 엄마 정도? 아빠조차도 내 관심 범위에는 없었다. 만약 노이가 내 관심 범위 안에 들어온다면 '친구'가 되려나? 친구는 사전에나 있는 말이라고 생각했는데, 설마 내가 노이와 친구가 되고 싶은 건 아니겠지? 설마……, 아니야. 그럴 리가 없어. 친구 만들기라니 그건 평범한 아이들이나 하는 짓이라고.

쉬는 시간이 되고, 지우가 내 자리로 다가온다.

"가을아, 이따……."

"너랑 할 말 없어."

나는 지우의 말을 잘라 버린다. 지우는 상처받은 얼굴로 돌아서지만, 프로그래밍 된 표정일 뿐 별 의미는 없다. 지우가 만약 나처럼 특별한 아이였다면, 2학년 첫날 내가 무시한 다음부터는 절대 말을 걸지 않았을 것이다. 아니, 처음부터 먼저 말을 걸어오는 일이 없었을 것이다. 하지만 지우는 3교시가 끝나면 반드시 말을 건다. 매일 아침 내가 양치질을 해야 하는 것처럼, 안드로이드인 지우에게는 나와 친해지는 것이 의무니까 어쩔 수 없는 일이긴 하다. 하지만 귀찮다. 너무 귀찮다고.

수업이 끝나고 교문 앞에서 엄마 차에 올라탔다. 엄마는 별일 없는 한, 매일 나를 데려다주고 데리러 온다. 사실 나는 엄마가 오지 못하는 날이 더 좋다. 운전석에 앉아 운전하는 기분을 낼 수 있으니까. 자율주행이라 규정 속도를 지나치게 잘 지켜서 싱겁지만 그래도 조수석에 앉아 있는 것보다는 재미있다.

평범한 아이들은 자기들끼리 무리 지어 집에 간다. 저 애들은 집에 가면 뭘 할까? 우리 집 가사 도우미 안드로이드처럼 전원이 꺼진 채 방 한구석에 멍하니 앉아 있을까? 아니, 애당초 저 애들에게 집이란 게 있을까? 그럼 학교가 끝나면 어디로 갈까? 혹시 집에 가는 척만 하는 게 아닐까? 특별한 아이들이 모두 돌아가고 나면 학교에 모여 집단으로 충전하는지도 모른다. 교복을 입고 강당에 웅크리고 앉아 충전하는 아이들을 생각하니 좀 소름이 돋았다.

가만, 노이도 부모님이 데리러 올까? 그러고 보니 노이가 집에 가는 모습을 본 적이 없다. 내가 노이를 찾는 것보다 엄마가 나를 찾는 게 훨씬 빠르기 때문이다.

"앨리스, 소독해 줘."

앨리스는 자동차에 설치된 인공지능이다. 엄마는 자기가 좋아하는 소설 주인공 이름을 인공지능에 붙였다. 설마 이상한 나라의 앨리스는 아니지? 내가 물었을 때 웃기만 한 걸 보면 그 앨리스가 맞는지도 모르겠다. 가을에 태어났다고 내 이름을 가을이라고 지은 걸 보면, 맞을 확률이 높다.

차 안에 소독약이 분사되었다. 인체에 무해한 무색무취의 액체는, 엄마의 마음을 바이러스로부터 지켜 준다. 엄마는 소독약이 있어야만 안심했다. 아직도 바이러스에 대한 트라우마에서 벗어나지 못한 것이다. 나는 소독약이 분사될 때 나는 칫칫 소리와 피부에 와닿는 차가운 느낌이 너무 싫은데.

21세기 말, 엄마 세대는 에키노 바이러스의 직격탄을 맞았다. 에키노 바이러스는 어린이에게 치명적이었다. 어른이 걸리면 장염이 동반된 가벼운 감기를 앓고 지나가는 정도였지만 어린이에게는 심한 기침과 호흡곤란, 장 파열을 일으켰다. 에키노 바이러스에 걸린 어린이의 치사율은 90%, 열 명 중 아홉 명이 죽었다. 공기 중으로 감염되는 정체불명 바이러스의 위력은 막강했다. 세계의 의사, 과학자 들이 백신과 치료제 개발에 매달렸으나 결과물은 빨리 얻을 수 없었다. 바이러스가 창궐한 지 1년 만에 전 세계 어린이의 70%가 사망했다. 그리고 백신이 개발되었다. 엄마는 그때 열 살이었다. 우리 엄마는, 살아남은 아이였다. 살아남은 아이들은 매년 백신을 맞아야 했다. 엄마는 스물다섯 살이 될 때까지 백신을 맞았다.

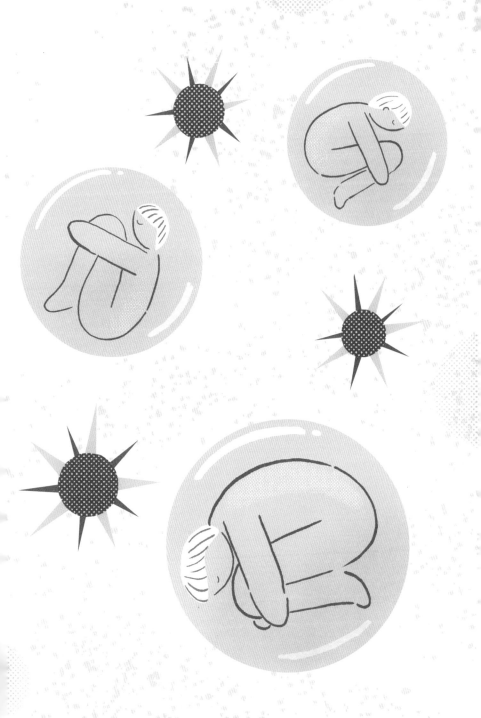

사람들은 자신의 아이를 폐쇄된 공간, 집 안에서 길렀다. 생활용품이나 먹거리는 드론으로 배달받고, 재택근무를 하고, 화상회의를 하고, 온라인 교육을 하고…… 최대한 사람들과 접촉을 피하며 지냈다. 그래도 아이들은 죽었다. 무증상 감염자였던 부모가 자기도 모르는 사이 아이에게 전염시키고 스스로 목숨을 끊는 일도 드물지 않았다. 누구라도, 심지어 가장 사랑하는 사람이 나를 죽음에 이르게 할 수 있다는 게 현실이었다. 바이러스는 사람들에게 깊은 불신을 안겨 주었다. 그 시대 사람들은 모두 잠재적인 가해자인 동시에 피해자였으니까.

30여 년이 지난 지금은 에키노 바이러스가 사라졌지만, 바이러스에 대한 두려움은 남아 있다. 그리고 새로운 문제가 생겨났다.

폐쇄된 공간에서 자란 세대는 공감 능력이 부족했다. 다시 말해 사회성이 없었다. 언제부턴가 사람들은 통역기 없이 외국어를 하는 것처럼, 서로의 말을 이해하지 못했다. 다른 사람의 말을 제대로 듣지 않았다. 다른 사람의 입장을 무시하고 자기 말만 떠들어 대니 말이 통할 리가 없었다. 재판에서, 중요한 회의에서, 인공지능이 대변인 노릇을 하는 웃지 못할 일도 벌어졌다. 이러다가 인류는 인공지능의 지배를 받게 될 거라며 디스토피아를 다룬 소설 같은 얘기를 하는 사람도 있었고, 호모 사피엔스에서 새로운 종으로 가는 과도기라는 예측도 있었다. 대혼란 속에서 목소리가 하나로 모였다.

'인간성을 회복하자.'

가장 먼저 '학교'를 만든 건, 남반구에 있는 작은 섬나라였다. 그들은 역사책에서나 봤던 옛날 방식의 학교를 만들었다. 아이들이 교실에 모여 수업을 받고, 음악 시간에 음악실에 가서 노래하고, 체육 시간에 운동장에서 뛰어노는, 그런 구식 학교 말이다. 그 방식은 효과가 있었다.

다른 나라들도 앞다투어 학교를 만들었다. 그러나 학교에 갈 아이들 수가 너무 적었다. '살아남은 아이' 중 우리 엄마처럼 가정을 꾸리고 아이를 낳은 사람은 극소수였다. 대부분은 자기 신체를 사이보그로 개조하는 쪽을 택했다. 그만큼 엄마 세대의 사람들은 바이러스에 대한 두려움이 컸다.

3교시가 끝났는데도 지우가 내 자리에 오지 않았다. 드디어 지우에게도 학습 효과가 나타났나 보다. 다행이다. 1년 동안 매일 와서 말을 걸도록 프로그래밍 되어 있었다면, 여름방학이 시작되기 전에 저 애의 머리통을 몸에서 분리해 버렸을지도 모른다.

안도감은 오래가지 못했다. 점심시간, 평소처럼 식판을 들고 급식실 창가 자리로 가는데 지우가 내 뒤를 졸졸 따라왔다. 안 좋은 예감이 들었지만, 무시하고 지정석이나 다름없는 내 자리에 앉는데 맞은편에 지우가 앉았다.

"가을아, 나랑 점심 같이 먹자."

"시끄럽고, 꺼져."

"가을아, 혼자 먹는 것보다 훨씬 좋을 거야."

"좋을 것도 없지. 넌 진짜 먹는 것도 아니니까."

먹는 모습만으로는 사람과 구별할 수 없지만, 기계 식도로 넘어간 음식물이 몸통 안에서 급속 건조된다고 생각하면 밥맛이 뚝 떨어진다.

"왜 그래, 가을아."

"내 이름 그만 불러라."

"난 너랑 친구 하고 싶은데……."

지우가 손을 뻗어 내 팔을 잡았다. 손의 감촉이 너무 말랑하고, 심지어 따뜻해서 더 기분이 나빴다.

"난 너 같은 거랑 친구 하기 싫다고!"

지우 손을 뿌리치고 자리에서 일어났다. 식판에 있는 음식을 모조리 퇴식구에 버리고 운동장으로 나갔다. 머리 위로는 언제나처럼 파란 하늘이 펼쳐졌다. 밖에는 비가 내리고 있지만, 돔으로 둘러싸인 운동장은 언제나 맑음이다.

운동장 느티나무 아래로 갔다. 벤치에 앉아 짜증을 가라앉힐 생각이었다. 나무에 가려 보이지 않았는데 뒤편에 노이가 있었다. 화단 옆의 벤치로 갈까 생각했을 때는 이미 노이가 나를 보고 난 뒤였다.

"밥……, 안 먹어?"

나는 간신히 입을 열었다. 엄마와 아빠 말고 다른 사람에게 실제로 말을 건네는 건, 처음인 것 같았다. 노이가 나를 빤히 바라봤다. 아차, 노이도 나처럼 특별한 아이니까 누군가 가까이 다가오거나 말을 거는 게 귀찮을지도 모른다.

"입맛이 없어서."

의외로 노이가 순순히 대답했다. 그러고는 손에 든 초콜릿을 흔들어 보였다. 유니콘이 그려진 포장지, 나도 좋아하는 초콜릿이다.

"그래, 그럼 난 이만."

어색하게 말하고 화단 쪽으로 돌아설 때였다.

"여기 앉을래?"

노이가 눈으로 자기 옆을 가리키며 말했다. 나는 고개를 끄덕이고 노이 옆에 앉았다. 옆이라고는 해도 노이에게서 가능한 한 떨어져 앉느라 벤치 끝에 한쪽 궁둥이만 걸쳤다. 그게 노이에 대한 예의라고 생각했다. 노이가 초콜릿 한쪽을 내게 내밀었다.

"고마……워."

내 목소리 같지 않은 목소리가 튀어나오는 바람에, 공연히 큼큼거리며 목을 가다듬었다. 그리고 우리는 아무 말도 하지 않았다. 나는 한쪽 궁둥이에 쥐가 날 지경이었지만 5교시 수업 종이 울릴 때까지 꾹 참고 앉아 있었다.

초콜릿 한쪽만 먹었는데, 남은 시간 내내 배가 고픈 줄도 몰랐다. 얼굴이 뜨거운 게 열이 나는 것 같기도 하고, 달리기를 하고 난 것처럼 심장이 두근거리기도 하고. 정신을 차리면 노이 뒤통수만 홀린 듯 바라보는 내가 있었다.

"엄마가 알아봤는데, 한 학기만 다니는 방법이 있나 봐. 사회성 테스트 결과가 월등하면 기간을 단축할 수도 있대."

수업이 끝나고 집으로 가는 길, 엄마가 말했다. 나는 창밖으로 노이가 지나가나 보느라 엄마 말을 잘 알아듣지 못했다.

"응?"

"너 그 학교, 1년 동안 다니지 않아도 된다고. 1분기 테스트 결과가 좋았잖아. 상위 3% 안에 들었지?"

"어, 정말?"

"무슨 반응이 그래? 엄청 좋아할 줄 알았는데."

"어, 좋아. 잘됐네."

엄마는 어깨를 으쓱하더니 입을 다물었다. 내가 다른 데 정신이 팔려 있다는 걸 눈치챈 모양이다. 나는 여전히 교복을 입은 평범한 아이들 속에서 노이를 찾고 있었다. 마음속으로는 노이를 발견하지 못하길 간절히 바라면서.

다음 날 점심시간에도 지우는 내 뒤를 쫓아왔다. 나는 또다시 소란을 피우고 싶지 않아 조용히 급식실을 나왔다.

매점에 갔다. 샌드위치와 오렌지 주스를 사고 싶었지만, 초콜릿 만 두 개 사서 나왔다. 어제 노이가 먹던 초콜릿과 같은 거였다.

운동장으로 가면서 매점에 대해 생각했다. 정작 매점을 이용하 는 아이는 몇 명 없을 텐데. 매점에는 판매원 아주머니까지 있다. 보나 마나 아주머니도 안드로이드겠지만 자동판매기나 키오스크 에서 사는 것보다 얼굴을 맞대고 내가 살 물건을 얘기하는 게 훨 씬 불편하다.

있다!

오늘도 느티나무 벤치 아래 노이가 있다. 노이는 나를 보더니 눈인사를 했다. 나는 어제처럼 벤치 끝에 걸터앉았다. 한참 동안 손안에 있는 초콜릿을 만지작거렸다. 안 되겠다. 이러다간 초콜릿이 다 녹아 버리겠어. 팔을 뻗어 노이 옆에 초콜릿 하나를 놓았다.

"이거 뭐야?"

노이가 눈을 둥그렇게 뜨고 물었다. 아, 내가 너무 오버했나. 얼굴이 확 달아올랐다. 빨개지면 안 되는데.

"응. 어제의 보답."

노이가 초콜릿을 집어 들며 웃었다. 나는 얼른 포장을 벗기는 척 고개를 숙였다. 사실은 빨개진 얼굴을 들키고 싶지 않았다.

"난 겨우 한 조각 줬는데?"

"아, 그건……. 이자라고 생각해 줘."

이자라니, 바보 같은 말을 했다고 생각하는데, 노이가 상냥한 목소리로 말했다.

"고마워. 잘 먹을게."

심지어 입가에는 미소가 배어 있었다. 교실에서 세상 따위 관심 없다는 표정을 짓고 있던 아이랑 같은 사람인지 의심스러울 정도였다.

기분이 좋아지려는 순간, 머릿속에 질문 하나가 스쳐 갔다. 어쩌면 노이도 평범한 아이가 아닐까? 어쩌면……, 그럴지도 모른다. 국가교육위원회에서는 나 같은 아이의 사회성을 기르겠다고 별짓을 다 하니까, 노이처럼 특이한 안드로이드가 있다고 해도 이상한 일은 아니다. 일단 의심이 들기 시작하니 그냥 넘길 수는 없었다. 슬쩍 떠보기로 했다.

"넌 언제부터 학교에 다닌 거야?"

"나? 열한 살 때부터."

"사회성 테스트에서 떨어졌구나."

"그렇지, 뭐."

아니야, 이런 질문으로는 노이가 안드로이드인지 아닌지 알 수 없잖아.

"나는 B-12 타운에 살아. 넌?"

"정말? 나도 거기 사는데."

"그래? 그럼 수업 끝나고 부모님이 데리러 오는 거야?"

나와 같은 동네에 산다는 말에 한시름 놓았지만 거기서 대화가 끝나 버리면 이상할 것 같아 질문을 이어 나갔다.

"아니, 우리 집 차가 데리러 오지."

"엄마 아빠가 바쁘신가 보네."

"아, 난 부모님이 안 계셔."

부모님이 없다고? 가만, 안드로이드라면 부모님이 있을 리가 없는데. 흐려지던 의심이 다시 짙어지기 시작했다.

"어릴 때 사고로 돌아가셨어. 그래서 할머니랑 살아."

"아……."

부모님이 사고로 돌아가시면 어떤 기분일까? 상상만 해도 가슴이 울렁거렸다.

"난 괜찮아. 할머니가 편찮으셔서 좀 걱정되긴 하지만……."

노이가 또 나를 보며 미소 지었다. 분명 웃고 있는데 눈에는 슬픔이 어려 있었다. 그래, 일개 기계인형이 얼굴에 저런 복잡한 감정을 담아낼 수는 없을 거야. 안심하며 초콜릿을 잘라 입에 넣었다. 이런, 노이에게 마주 웃어 줄 수가 없잖아. 나는 입을 꼭 다물고 미소를 지었다. 노이의 목덜미에 붉은 발진이 돋아 있다. 꽃가루 알레르기인가? 안드로이드에게 발진이 돋는 기능까지 있다는 말은 들어 보지 못했다. 역시 노이는, 나와 같다. 내 느낌이 틀리지 않은 것이다.

다음 날, 나는 조금 더 과감해지기로 했다. 아예 급식실에 가지 않고 매점에 가서 샌드위치와 초코우유를 두 개씩 샀다. 초콜릿을 좋아하니까 분명 초코우유도 좋아할 것이다. 그런데 느티나무 아래 노이가 없었다. 어쩌나, 누런 종이봉투를 들고 엉거주춤 서 있는데 운동장으로 걸어 나오는 아이가 보였다. 노이였다. 반가워서 이름을 부를 뻔했지만 얼른 벤치로 가서 앉았다. 앗, 노이의 손에도 매점에서 주는 종이봉투가 들려 있었다. 내 것만큼이나 두둑해 보였다. 나는 봉투를 슬그머니 벤치 뒤쪽으로 떨어뜨렸다.

나를 본 노이가 손을 번쩍 들었다. 나도 덩달아 손을 올렸다가 가렵지도 않은 머리를 두어 번 긁적였다.

"올 줄 알았지."

노이가 봉투를 앞으로 내밀어 보이더니 사람이 딱 한 명만 들어갈 공간을 남겨 두고 내 옆에 앉았다. 우리 마음의 거리가 그만큼 가까워진 느낌이었다. 노이가 봉투를 뒤집자 안에서 샌드위치 한 개와 우유 두 개, 초콜릿 두 개가 떨어져 내렸다. 초코우유는 아니고, 그냥 우유였다. 하얀 우유 더하기 초콜릿.

"자, 이건 어제의 보답."

노이가 샌드위치와 우유를 내밀며 내 말투를 흉내 냈다.

"어, 고마워. 잘 먹을게."

"그리고 이건 이자."

이자라는 단어를 말하는 노이가 장난꾸러기 같은 표정을 지었다. 나는 노이 손에 들린 초콜릿을 받아 들었다. 노이는 초콜릿 포장을 벗겼다.

"넌 샌드위치 안 먹어?"

"응?"

"오늘도 입맛이 없어?"

노이가 가만히 고개를 끄덕였다. 노이는 잘 먹지 않는다. 어쩌면 먹을 필요가 없어서? 내 머릿속에 충전하는 노이의 모습이 떠올랐다.

"그래도 좀 먹어야지. 나눠 먹자."

나는 일부러 샌드위치 반쪽을 내밀었다. 노이는 샌드위치를 받아 들고 몇 초간 바라보다가 그제야 먹는 방법이 생각난 사람처럼 입을 벌려 한입 베어 물었다. 그러고는 천천히 씹어 삼키더니 우유를 따서 한 모금 마셨다.

"솔직히 말하면……."

노이가 샌드위치를 든 손끝을 보며 말했다. 뭐? 솔직히 말한다고? 그래, 어서 솔직히 말해. 아니야, 솔직히 말하지 마. 내 안에서 목소리들이 시끄럽게 싸워 댔다.

"아침을 좀 많이 먹어. 내가 먹는 모습 보는 걸 할머니가 좋아하셔서."

노이는 여전히 배가 부르다는 듯 자기 배를 쓰다듬었다.

"우리 할머니, 음식을 못 드시니까."

"어, 그렇구나. 배 안 고프면 억지로 먹을 필요 없어."

"괜찮아. 너랑 같이 먹으니 맛있다."

노이를 또다시 의심하다니, 미안해졌다. 내가 사 온 샌드위치는 감추길 잘했다. 안 그랬으면 그것까지 맛있다며 먹었을지도 모른다. 노이는 내가 상상했던 것보다 훨씬 따뜻한 아이였다. 차갑고

무심해 보였던 건, 할머니를 걱정하느라 그랬는지도 모른다.

점심시간이 끝나기 5분 전부터 입안이 바짝 말랐다. 내일도 여기 올 거지, 라고 묻고 싶은데 혀가 굳은 사람처럼 말이 나오지 않았다. 손에 든 샌드위치 포장지만 바스락거리다가, 빈 우유갑을 들어 바람을 마셨다. 어서 말하라고!

"내일…….."

하필이면 종이 울리는 바람에 안 그래도 기어들어 가는 목소리가 묻혀 버렸다.

"응?"

"내일도 같이 점심 먹을까?"

"좋아."

벤치에서 일어난 노이가 시원스럽게 대답했다. 나는 노이를 보며 활짝 웃었다.

학교에 가는 일이 조금은 즐거워졌다. 노이를 만날 수 있기 때문이다. 지난 한 달 반 동안, 노이와 나는 친구가 되었다. 친구라는 건 생각보다 좋은 거였다. 구시대의 유물도 아니고, 안드로이드들의 전유물도 아니었다. 우리는 솔직한 생각을 나누는 진짜 친구였다. 그건 물론, 노이와 내가 둘 다 진짜 인간이라서 가능한 일이었다. 다만 한 가지, 마음에 안 드는 구석은 있었다. 노이는 평범한 아이들, 안드로이드에 대해 지나치게 관심이 많았다. 예를 들면 이런 식이었다.

"가을아, 안드로이드가 느끼는 감정이 인간이 느끼는 감정과 다르다고 할 수 있을까?"

"당연히 다르지. 엄밀히 말해 안드로이드는 감정을 느끼지 않아. 프로그래밍 된 반응을 보이는 것뿐이라고."

"그 프로그래밍이란 거, 학습이라고 봐도 될까?"

"학습? 좀 다르긴 하지만 그렇게 표현할 수는 있겠지."

나는 안드로이드에 대한 주제가 나오면 노이에게 대충 맞춰 주
는 편이다. 내 생각을 말하기 시작하면 이야기가 길어지고 결국
서로 마음이 상하게 된다는 걸, 몇 번의 경험을 통해 터득했기 때
문이다.

"그렇지? 인간도 어떻게 보면 감정을 학습하는 거잖아. 그러니
안드로이드의 감정을 무조건 무시할 수는 없을 거 같아."

"인간이 감정을 학습한다고?"

"응. 그게 우리가 학교에 다니게 된 이유잖아. 공감하고, 사회성
을 기르고, 함께 사는 법을 배우기 위해서."

"그건 그야말로 사회성을 배우는 거지. 인간은 태어날 때부터
감정을 느낄 수 있다고. 기쁨, 슬픔, 분노, 이런 감정들을 누가 가
르쳐 줘서 알게 되지는 않잖아."

"그런 감정들이 인간의 유전자에 프로그래밍 되어 있으니까. 안
드로이드들이 만들어질 때 프로그래밍 된 것처럼."

"네가 하고 싶은 말이 뭔지 모르겠어."

"내 말은, 안드로이드들을 너무 무시하지 말라는 거야. 그 애들도 감정이 있으니까."

또 설교가 시작됐군. 나는 거의 폭발하기 직전이었다. 하지만 솟구치는 분노를 꾹꾹 누르며 말했다.

"무시한 적 없는데?"

"정말? 그럼 지우는? 지우는 여전히 너한테 말 걸고 싶어 하던데?"

"나 화장실 좀 갈게."

화장실에 가고 싶은 생각은 없었지만 노이와 싸우지 않으려면 자리를 피하는 수밖에 없었다. 사실은 싸우고 싶지 않다기보다 노이에게 우는 꼴을 보이고 싶지 않아서 그랬다. 나는 안드로이드 따위에는 하나도 관심 없다고. 내가 관심 있는 건 너뿐이란 말이야.

저녁을 먹고 방에 들어오자마자 침대에 누웠다. 단추를 관자놀이에 붙이고 가상현실 게임을 시작했다. 요즘 내가 빠진 게임은 소울메이트 만들기다. 예전에는 화성 침공이나 좀비의 집 같은 슈팅 게임을 주로 했는데, 노이와 친구가 되고 나서부터 쳐다보지도 않던 게임을 하게 되었다. 소울메이트 캐릭터는 당연히 노이를 닮았다. 하얗고 동그란 얼굴, 햇살이 비추면 반짝반짝 빛나는 머리카락. 배경도 학교다. 우리의 아지트인 느티나무 아래 벤치와 비슷한 배경을 만들어 놓았다.

- 안녕, 노아.

나는 캐릭터 이름을 노아라고 지었다. 차마 노이라고 부를 수는 없었다.

- 가을아, 오늘은 놀이공원에 갈까?

- 아니, 좀 피곤해.

- 피곤하다고?

노아가 내 뒤로 바짝 다가앉더니 어깨를 주물러 준다. 피로가 풀리는 것도 같고 몸이 붕 뜨는 느낌이 들기도 한다. 어쨌든 기분 좋다. 게임 속의 노아는 언제나 내가 원하는 대답을 해 주고, 내가 원하는 행동을 한다. 그런데 노이는…….

그때였다. 노아와 학교가 휙 사라지고, 내 방 천장을 배경으로 엄마 얼굴이 보였다.

"아, 엄마! 게임하고 있잖아!"

"엄마가 밥 먹고 바로 눕지 말랬지!"

"그렇다고 이렇게 난폭하게 들어오면 어떡해. 내 단추 내놔."

"알았어. 엄마랑 일단 얘기부터 해."

"얘기? 무슨 얘기?"

"이제 두 달 정도 있으면 방학이잖아. 학교, 어떻게 할 거야?"

"뭘 어떡해?"

"얘 좀 봐. 엄마가 저번에 말했잖아. 한 학기만 다니고 그만둘 수 있다고."

아차, 잊고 있었다. 뭐라고 답해야 하지? 학교는 여전히 싫지만 노이는 좋다. 그렇지만 엄마에게 곧이곧대로 말하는 건 뭔가 쑥스럽다.

"왜, 계속 다니고 싶어?"

"아니, 그건 아닌데……."

"그럼, 자퇴 신청서 보낸다."

"벌써? 언제까지 해야 하는데?"

"한 달 전까지는 보내야지."

"아직 한 달 남았네."

"너 진짜 뭐야. 친구라도 생겼니?"

엄마가 눈을 반짝이며 물었다. 사회성이 키워져서 기특하다기보다는 신기하다는 표정이었다. 하긴 사람이 적이나 다름없는 세상에서 살아야 했던 엄마야말로 친구는 사전에나 있는 말이라고 생각할 것이다.

"그럼 안 돼?"

"안 되긴. 기대도 안 했는데, 잘됐다. 어떤 앤데?"

"사람이야."

"사람? 안드로이드가 아니고?"

"응. 우리 반에 나 말고 하나뿐인 특별한 아이."

잘됐네, 친구라니. 잘됐어. 잘된 일이야. 엄마는 자신을 설득하듯 잘됐다는 말을 반복했다.

나는 엄마 손에서 단추를 뺏어 관자놀이에 붙였다. 다시 배경이 바뀌고 노아가 나타났다. 노아가 가상 캐릭터가 아닌 진짜 노이라면······.

그 뉴스를 보게 된 건 순전히 우연이었다. 월요일 아침, 차 안에서 홀로폰으로 영상을 보는데, 영상 아래 속보가 떴다.

'국내 최고 안드로이드 공학자 윤제아 씨 별세. 향년 88세.'

처음에는 그냥 무시할 생각이었다. 그런데 뒤이어 나오는 자막 때문에 그 뉴스에 접속했다.

'학교 보급용 안드로이드인 평범한 아이들의 어머니.'

뉴스는 윤제아 씨의 일생과 국내 안드로이드 산업에 기여한 바에 대해 간략히 언급하고 있었다. 마지막에 쓰인 문장만 아니었다면, 다른 뉴스들처럼 그냥 내 머릿속을 스쳐 지나갔을 것이다.

'윤제아 씨는 병으로 고통받으면서도 업그레이드된 안드로이드를 개발, 테스트를 마친 상태였다. 평범한 아이들처럼 단순한 성격이 아닌, 복합적인 감정을 가진 안드로이드는 이르면 내년 상반기 학교에 보급할 계획이다. 국가교육위원회에서는 차세대 안드로이드 보급 시기에 맞춰 윤제아 씨에게 과학기술 훈장을 수여할 예정이었다.'

안드로이드 공학자 윤제아 씨

그날 학교에 가 보니 노이가 없었다. 할머니가 돌아가셔서 일주일간 학교에 나오지 못할 거라고, 조회 시간에 담임이 말했다. 나는 노이의 할머니가 뉴스에서 본 윤제아 씨가 아닐까 생각했다. 노이의 할머니는 밥을 먹지 못할 정도로 아프다고 했다. 그것만으로 단정할 수 없다는 걸 알면서도 자꾸만 생각이 그쪽으로 향했다. 노이의 할머니가 윤제아 씨라면……?

예전에 접어 두었던 의심이 다시 펼쳐졌다. 노이는 복합적인 감정을 가진 안드로이드인지도 모른다. 그렇다면 노이가 안드로이드의 감정에 대해 변호하듯 말한 것도 앞뒤가 맞아떨어진다. 감쪽같이 속았어. 배신감에 눈물이 났다.

쉬는 시간이 되자 아이들은 또 무리를 지어 떠들어 댔다. 하지만 누구도 노이 이야기를 하지는 않았다. 할머니가 돌아가신 건 우울한 얘기니까 피하는 건가?

학교가 진정으로 공감 능력과 사회성을 가르치는 곳이라면, 지금 아이들은 온통 노이 이야기를 해야 할 것이다. 부모님이 사고로 죽은 불쌍한 아이, 이제는 유일한 가족이었던 할머니마저 잃은 아이에 대해 자기 일처럼 마음 아파해야 할 것이다.

점심시간이 되자 발길이 저절로 매점으로 향했다.

"급식이 맛이 없니?"

매점 아주머니가 물었다. 평소라면 옆에 있던 노이가 대답했거나, 대답하지 않고 돌아 나왔을 텐데 오늘은 누구랑 싸우고 싶은 심정이라 그런지 말이 멋대로 나와 버렸다.

"아니요. 기계들하고 같이 밥 먹기 싫어서요."

아주머니는 황당하다는 표정으로 나를 보았다. 자세히 보니 내가 생각했던 것보다 더 나이 들어 보였다. 통통한 손등 위에 드문드문 검버섯이 박혀 있었다. 어쩌면 안드로이드가 아닐지도 모른다.

"우리 때는 안드로이드 반려동물이 유행했어. 넌 그게 바보스럽다고 생각하지?"

이런 식의 논쟁이라면 노이와 질리도록 해 봤다.

"네, 바보 같아요. 진짜 개나 고양이를 키우지 그랬어요? 먹이 주고, 똥을 치우고, 그런 게 너무 번거로웠나요?"

"내가 사회생활을 하던 시절에는, 사람들이 직접 회사에 가서 일했어. 얼굴과 얼굴을 마주하고 말이야. 너도 옛날 영화나 드라마를 본 적이 있다면 알겠지만."

"알아요. 책에서 봤어요."

"그래서 나 없는 동안 집에 혼자 남은 강아지가 우울해하는 걸 원하지 않았어."

"그런 게 걱정이라면 두 마리를 키우면 되죠."

두 마리, 라고 혼잣말처럼 중얼거린 매점 아주머니가 가벼운 한숨을 내쉬었다.

"네 말대로 그럴 여력은 없었던 거 같아."

"하지만 로봇 강아지를 사랑할 수 있어요? 가짜잖아요."

"가짜라고? 진짜와 가짜의 기준이 뭔데? 내가 사랑하는 것에 굳이 기준을 나눌 필요가 있을까?"

쓸데없는 참견이야. 나는 계산대 위에 놓인 샌드위치를 집어 들고 매점을 나왔다.

운동장 느티나무 아래로 갔다. 자꾸만 그 벤치에 노이가 있을 것 같은 생각이 들었다. 당연히 노이는 없었다. 다만 노이와의 기억만 유령처럼 주변을 떠돌고 있었다.

그렇게 나 혼자인 채로 화요일, 수요일, 목요일이 흘러갔다.

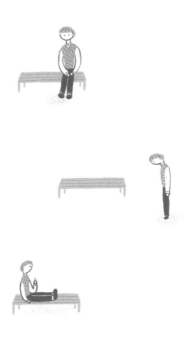

- 오가을, 엄마가 갑자기 일이 생겨서 오늘 차만 보낼게. 늦을 거야. 저녁은 혼자 먹어야겠다. 미안.

금요일 점심시간이었다. 느티나무 아래에서 샌드위치를 먹고 있는데, 엄마한테서 메시지가 왔다. 엄마의 메시지를 받지 않았더라면 노이 집에 찾아갈 생각은 하지 못했을 것이다.

5교시 쉬는 시간, 교무실에 가서 담임에게 노이네 주소를 물었다. 담임은 약간 당황했다. 그도 그럴 것이, 다른 사람 집에 방문하는 문화는 오래전에 사라졌기 때문이다. 하지만 내 부탁을 거절하지는 못했다. 어쨌거나 나는 특별한 아이고, 이 학교는 나 같은 소수의 아이를 위해 존재하니까.

학교가 끝나고 엄마가 보낸 차에 탔다.

"앨리스, 목적지를 변경할게."

앨리스에게 노이네 주소를 말해 주었다. 노이네 집은 우리 집에서 겨우 세 블록 떨어진 곳에 있었다. 인터폰을 누르자 노이가 나왔다.

"연락도 없이 무슨 일이야?"

나를 본 노이는 놀란 기색도 없이 무표정한 얼굴로 물었다. 평소의 노이 같기도 하고, 조금은 야윈 것 같기도 했다.

"괜찮은가 하고 와 봤어. 너희 할머니 돌아가셨다고 해서."

"어, 고마워."

건조한 대답. 노이는 내게 안으로 들어오라는 말을 하지 않았다. 그럴 수도 있다고 예상했지만 섭섭했다. 너, 나랑 가장 친한 친구 아니었니? 라는 물음이 목구멍으로 올라오는 걸 꾹 삼켰다.

"너희 할머니가 윤제아 박사님이니?"

하고 싶은 말을 억지로 눌러서일까. 다른 말이 툭, 튀어나왔다.

"그걸 어떻게 알았어?"

"뉴스에서 봤어."

"뉴스에 내 얘기도 나왔어?"

내내 무표정하던 노이가 한 발 뒤로 물러섰다. 입가에는 어색한 미소가 걸려 있었다. 나는 노이가 복합 감정 안드로이드라고 확신했다. 노이가 진짜로 나와 같다면, 나를 문 앞에 이렇게 세워 둘 리가 없다. 나라면 얼른 집으로 들어오라고 할 텐데, 아니 노이를 끌어안고 울음을 터트릴 텐데.

"그래, 네 얘기도 나왔어."

"그럴 리가. 기자님이 내 얘기는 안 하기로 했는데……."

노이가 단어를 고르듯 더듬더듬 말했다. 나는 그 애의 거짓말을 더 이상 견디기 힘들었다.

"이제 솔직하게 말해. 나 너에 대해 다 알아."

"뭘 말하라는 거야?"

"네가 업그레이드된 안드로이드라는 거."

노이 눈이 두 배로 커졌다가 절반으로 줄어들었다. 노이는 줄어든 눈을 더욱 가느스름하게 뜨고 나를 봤다.

"그래, 맞아. 난 안드로이드야. 그게 궁금해서 온 거라면 그만 가 줘."

노이가 담담하게 말했다. 더는 노이에게 기대할 게 없었다.

앨리스에게 집으로 곧바로 가지 말고 30분 정도 돌아서 가자고
했다. 차 안에 있는 내내 핸들에 이마를 대고 큰 소리로 울었다. 노
이가 안드로이드였다니, 짐작하고 있었는데도 충격이었다. 노이
입에서 직접 듣게 될 줄은 몰랐으니까. 노이의 부드러운 피부와
거기에 배어 나오던 땀과 가끔 목덜미에 돋아나던 발진이 가짜라
니. 하지만 더 충격적인 건, 노이가 안드로이드라는 사실을 알면서
도 여전히 그 애를 좋아하는 내 마음이었다.

"여태 안 자고 뭐 했어?"

그날 밤, 12시가 다 되어 들어온 엄마가 소파에 앉아 있는 나를 보며 물었다.

"나 자퇴 신청할래."

"어? 너 친구 생겼다면서?"

"그게…… 가짜 친구였어."

엄마가 의아하다는 듯 고개를 기울이고 나를 봤다. 무언가를 묻고 싶은 표정이었지만, 알았다고 짧게 대답하고 욕실로 들어갔다. 그런데 욕실에서 물소리가 들리지 않았다. 엄마가 도로 나와서 질문을 던지기 전에 내 방으로 가서 단추를 관자놀이에 붙였다. 노아가 나타나 반갑게 인사를 했다.

- 안녕, 가을아.

나는 단추를 떼서 던져 버렸다. 그리고 눈을 질끈 감았다.

주말 내내 슈팅 게임을 했다. 여기저기서 튀어나오는 외계인들과 초록색 좀비들에게 마구잡이로 총을 쏴 댔다. 소울메이트 만들기 게임은 삭제해 버렸다. 역시 사람은 자기 적성에 맞는 일을 해야 해. 저딴 간지러운 게임도, 친구랑 노닥거리는 것도 내 적성에는 맞지 않아. 이런 생각을 하며 헛바람이 잔뜩 들었던 마음에 공기를 빼내려 했다. 하지만 그럴 때마다 노이의 웃는 얼굴이 수신 상태가 좋지 않은 홀로그램처럼 눈앞에 아른거렸다.

월요일, 학교에 가고 싶지 않았지만 엄마가 어차피 한 달밖에 남지 않았으니 유종의 미를 거두라고 했다. 누구를 위한 유종의 미를 말하는 거냐, 너는 너무 끈기가 없다, 그런 실랑이를 하다가 결국 학교에 가기로 했다. 엄마 말 때문이 아니라 노이를 보고 싶은 마음이 있었기 때문이다.

그런 사정으로 조금 늦게 교실에 들어갔다. 그런데 노이가 보란 듯이 안드로이드들과 어울리고 있었다. 애써 그쪽을 보지 않고 지나치려는데, 노이 옆에 바짝 붙어 있는 지우를 보고 말았다. 자리에 와서 앉으니 마음에 바람 한 줄기가 스쳐 지나갔다.

나는 예전에도 혼자였는데, 어째서 지금은 더 혼자인 느낌이 드는 걸까.

점심시간, 혹시나 하는 기대로 우리의 아지트에 갔다. 인정하고 싶지 않지만 나는 노이와의 시간이 그리웠다. 하지만 우리의 벤치에 노이는 없었다.

무슨 맛인지도 모른 채 샌드위치를 우걱우걱 씹고 있는데, 반 아이들과 노이가 우르르 운동장으로 몰려나왔다. 지우 손에 배구공이 들려 있는 걸 보니, 피구를 하려는 모양이다. 간혹 체육복으로 갈아입은 아이도 보였지만 노이는 교복 차림 그대로였다.

피구가 시작됐고, 아이들은 공을 피하느라 꺅꺅 소리를 지르며 몰려다녔다. 여러 명의 목소리 속에서도 노이의 목소리만이 내 귀에 와서 선명하게 박혔다. 일어나서 교실로 들어가야지 하면서도 좀처럼 일어날 수가 없었다. 뼈마디가 전부 부러진 사람처럼 그 자리에 앉아서 노이가 피구 하는 모습을 바라보고 있었다.

선 안의 아이들이 반으로, 또 반으로 줄어들었고, 상대편 아이가 노이를 향해 공을 던졌다. 노이는 공을 피하느라 옆으로 펄쩍 뛰며 상체를 한껏 젖혔다. 그 바람에 교복 셔츠가 말려 올라가고 새하얀 배가 드러났다. 민망해서 눈을 돌리려는 차, 옆구리에 붉은 흉터가 눈에 들어왔다.

가만, 노이가 안드로이드라면 흉터가 있을 리가 없잖아.

나는 벌떡 일어나 노이에게 다가갔다. 그리고 하얀 선 안으로 들어가 노이의 손목을 잡았다.

"얘기 좀 해."

"왜 이래? 지금 피구 하는 거 안 보여?"

노이가 볼멘소리로 말했다. 공을 던지려던 아이가 얼빠진 얼굴로 노이와 나를 보고 있었다. 내가 잡은 손에 더욱 힘을 주자, 노이는 아이들에게 미안하다고 말하고는 하얀 선 밖으로 빠져나왔다.

"이거 놔. 놓고 가."

노이가 내 손을 뿌리쳤다. 우리의 아지트에 거의 다 왔을 때였다. 나는 노이에게 뭐라고 해야 할지 알 수 없었다. 노이가 먼저 입을 열었다.

"넌 특별한 아이잖아. 나 같은 안드로이드랑 친하게 지내고 싶지 않을 텐데."

비꼬는 듯 말하는 노이 눈에 눈물이 고여 있었다.

"조금 전에 봤어. 네 옆구리에 있는 흉터. 왜 나한테 거짓말했어?"

눈물이 고인 노이의 눈동자가 흔들리더니, 눈물 한줄기가 주르륵 흘러내렸다.

"여전히 순진하구나. 이 흉터도 일부러 만든 거야. 그래야 더 사람 같으니까."

"거짓말은 충분해."

"거짓말이 아니라면?"

노이는 눈물을 흘리면서도 주먹을 꼭 쥐고 나를 노려봤다.

"안드로이드라도 상관없어."

　진심이다. 노이가 나와 같은 특별한 아이든, 안드로이드인 평범한 아이든 더는 중요하지 않다. 나는 노이의 두 손을 잡았다. 따뜻하고 폭신한 느낌. 정말 중요한 건, 이 느낌이 실재한다는 것뿐이다.

『평범한 아이들』은 특별한 아이가 평범한 사랑에 빠지는 이야기다. 나는 여전히 사랑이라는 감정의 실체를 모르지만 그것이 작동하는 방식은 매우 보편적이라고 생각한다. 사랑에 빠진 이들에게 예외 없이 특별한 경험을 하게 해 주니까.

처음부터 사랑에 관한 이야기를 쓰려던 건 아니다. 안드로이드의 감정에 대해 쓰고 싶었다. 사람들은 왜 인간처럼 감정을 느끼는, 인간보다 더 인간적인 안드로이드를 원하는 걸까? 안드로이드에게 감정이 필요할까? 맡은 소임만 다하면 충분하지 않나?

생각을 거듭할수록 내가 인간중심주의에 빠져 있는 게 아닐까, 하는 의문이 들었다. 팬데믹 상황으로 달라진 세상에서도 영향을 받았다. 그 결과 처음의 의도와는 전혀 다른 글이 되었다. 이야기를 짓는 사람의 기쁨은 의외성에서 나온다.

까칠하고 의심 많은 가을이와 여전히 신비함을 간직한 노이가 최도은 작가님의 사랑스러운 그림으로 살아 움직이게 된 것도 너무 벅찬 일이다.

우리는 누구나 평범하면서 특별하다. 평범과 특별, 이 두 단어는 모순된 말이지만 누군가를 사랑하면서 미워할 수 있는 것처럼 우리 안에는 여러 모순된 요소들이 공존한다. 그래서 인간은 더욱 빛나는 존재라고 생각한다.

2022년 봄,
남유하

천천히
읽는
짧은
소설 03
평범한 아이들

2022년 5월 20일 처음 찍음

글쓴이 남유하 | 그린이 최도은

펴낸곳 도서출판 낮은산 | 펴낸이 정광호 | 편집 조진령 | 디자인 하늘 · 민 | 제작 정호영

출판 등록 2000년 7월 19일 제10-2015호 | 주소 04048 서울시 마포구 어울마당로5길 16 반석빌딩 3층

전화 02-335-7365(편집), 02-335-7362(영업) | 팩스 02-335-7380

홈페이지 www.littlemt.com | 이메일 littlemt2001ch@gmail.com | 트위터 @littlemt2001hr

제판 · 인쇄 · 제본 상지사 P&B

ⓒ 남유하, 최도은 2022

ISBN 979-11-5525-154-6 43810